KB211168

엄
마
가
쓰
는
시

세상 가장 소중한 너에게…

엄마가 쓰는 시

이수정 지음

좋은땅

작가의 말

낮버밤반.

미혼 남녀, 그리고 남편 혹은 우리의 엄마 세대도 모르는 말 줄임 단어.

하지만 그 뜻을 알게 되면 모두들 고개 끄덕이는 단어.

'낮에는 버럭 하고 밤에는 반성한다.'

엄마라면 모두가 공감하는 말이다. 나 역시 그런 엄마들 중 하나이고, 특별하게 아이에게 더 잘해 주거나 남들보다 대단한 사랑을 해서 쓴 시는 절대로 아니다.

그저 밤이 찾아오면 잠든 아이를 보며 울기도 하고 웃기도 하고 가슴 설레는 그 마음을, 어느 날은 울적하게 어느 날은 아름답게 풀어 쓴 글일 뿐이다.

'나는 왜 더 좋은 엄마가 되지 못할까?

옆집 엄마는 아이한테 소리도 안 지르고 차분히 잘 말하던데 나는 왜 화부터 날까?

나는 아이를 사랑하지 않는 걸까? 육아는 너무 어렵고 내겐 맞지 않는 일이었어.'

하고 자책하는 엄마들을 무수히 봐 왔다.

엄마가 되고 나니 지인들도 모두 엄마여서, 그들의 일상, 그들의 육아 방침을 지켜보노라면 한숨만 쉬게 될 뿐이다.

나는 그런 말을 많이 듣는다.

"아이를 정말 사랑으로 키우고 있네요."
"아이에게 큰 사랑을 주고 있네요."
"정말 대단한 엄마예요."

이런 말을 듣노라면 우쭐하기보다 마음 한편이 새카매진다. 양심에 찔려서.

나 역시 대부분의 엄마들과 다르지 않다. 화를 내기도 하고 소리를 치기도 한다.

다만, 많이 누르고 살긴 한다. 본래 태어나기를 성격이 급하고 감정 기복이 심한지라 육아를 하면서도 그 감정을 그대로 나타내기에 나 스스로 많이 생각하고 누르고 산다. 아이를 낳고 성격이 많이 유순해졌다는 말을 남편이 곧잘 할 만큼.

힘든 일이다.

아이를 키우며 일관되게 이성적으로 행동한다는 것은.

엄마도 사람이니까 감정에 휘둘릴 때가 있고, 그로 인해 자책하기 마련임을 나 역시 엄마이기에 안다. 나는 엄마가 쓰는 이 시를 반성문이라고 말하기도 한다. 나 역시 낮에 풍족하게 사랑을 주지 못한 것 같아, 내가 조금 더 나은 엄마가 되지 못한 것 같아 쓴 시다.

대부분의 엄마가 밤이 되면 느끼는 감정을 은유와 비유로 시를 쓰게 된 것은 아이를 낳고 나서 얼마 되지 않아서부터다.

내 어릴 적 꿈은 작가였다.

초등학교 때부터 노트 몇 권을 빼곡히 채울 만큼 시를 쓰기도 했고, 학창 시절엔 문예부에서 활동하며 시에서 1등을 해 보기도 하고 열심히 글을 썼지만 현실이 녹록지 않아 대학교에서는 전혀 상관없는 과목을 전공하고 그렇게 글 쓰는 것이 아주 가끔 있는 취미 생활이 되었다.

엄마가 되고 난 뒤, 감정 기복이 심한 나 스스로 통제하기 위해 쓴 시가 바로 엄마가 쓰는 시다.

그렇기에 반성문이라는 말을 하곤 하는 것이다.

내 감정을 드러낸 시를 쓰고 있노라면 이내 마음이 정리가 되고 평온해졌다.

시를 쓰라고 하면 물론 어렵다. 하지만 시대를 풍미하는 대단한 작가가 되고자 쓰는 게 아니라면, 그날그날의 감정을 풀어내는 글이라고 생각하면 쉽다.

그래서 나는 육아로 지친 엄마들에게 글을 쓰길 권한다. 단 서너 줄이라도 내 감정을 종이 위든, 컴퓨터든, 휴대폰이든 풀어놓고 나면 감정이 정리되는 걸 느낄 수 있다.

그렇게 글을 쓰다 보니 다시 욕심이 생기기 시작했다. 주말에 아이를 남편에게 맡기고 시에서 하는 백일장에 참가하기 시작했고, 2년간 5번의 참여, 세 번의 수상을 했다.

포기하지 않으니 무언가를 이루게 되고 그러다 보니 다시 욕심이 났다. 그래서 '엄마가 쓰는 시' 시집 출판을 기획하게 되었다.

첫째 아이가 7살이 된 지금, 꽤 많은 시가 모였고 인스타그램에 올린 엄마가 쓰는 시를 보고 엄마가 생각이 나서 펑펑 울었다는 20대 남자의 메시지를 받은 적이 있다.
그때 깨달았다.

'아, 내 글이 엄마들뿐만 아니라 남자들의 마음도 울릴 수 있구나.'
감성적이지 않은 남편 역시 내 시를 몰래 훔쳐보며 가슴 찌릿한 경험이 여러 번이라고 하는 말을 듣고 자만해서 출판하는 시집.

작가라고 칭하기에는 애송이이고, 저명하신 작가님들께서 보신다면 코웃음 칠지도 모르는 시일지도 모른다. 이 책을 펴내는 순간에도 내가 잘하는 짓인가? 하는 의문이 들기도 한다.
하지만 나는 대한민국의 한 엄마이고, 내 감정에 솔직하게 쓴 나의 시들을 누구나 읽고, 울고, 마음 따뜻해졌으면 좋겠다.

유명한 작가의 글도, 기성 작가의 글도 아니어서 다소 울퉁불퉁 모날 수도 있지만 분명히 자신한다.

엄마라면 누구나 마음에 와닿을 시.

내 아이에게 해 주고픈 말들을 담은 시.

지친 엄마의 마음을 어루만져 줄 시가 될 수 있다는 것.

이 시집에는 시마다의 제목이 없다.

그저

'엄마가 쓰는 시'

그것이 가장 큰 제목이다.

이 책의 시를 읽고 가슴이 단 한 번이라도 뭉클해진다면 당신은 참 잘하
고 있는 엄마 혹은 자식이다.

목
차

1

엄마가 쓰는 시

첫 번째

그건
첫눈의 느낌이었다.
초겨울 코끝 시린 공기
그 사이로 난데없이
내려앉은
첫눈을 맞은 느낌이었다.

추위에 감정도 얼어 버린 거친 흙바닥이
그 설렘에 살포시 젖어 들 듯
조용히 찾아오는
그런 감정이었다.

애썼다.
내게 오느라.
지난여름 숨 막히던 더위에도
푸성귀 위에 아무렇게나 얹혀 있던
새벽녘 이슬이 혹시
그것이었을까.

아무럼 어떠니
첫눈처럼 내게 찾아와
함박눈 같은 행복을
켜켜이 쌓아 가고 있는걸.

두 번째

잠결에도 나를 찾는 너의 손길에
나는 네 손 가까이 손을 뻗는다.
손끝이 닿는 순간
허공을 노닐던 네 손은
이내 멈추고
다시금 너의 숨소리는
깊은 잠을 헤엄친다.

나는 너에게 그렇다.
따스함이 필요할 땐 곁을 주고
위로가 필요할 땐 마음을 주고
관심이 필요할 땐 눈빛을 주고
내가 필요할 땐
언제든 나를 내어 준다.

훗날 돌려받을 생각은 없다.
악덕 빚쟁이처럼
내 사랑을 돌려 내라고
너를 독촉할 생각은 없다.

다만 기억은 해 주길.

너의 세포 하나하나 너의 머리카락 한 올까지

내 사랑으로 지켜 냈음을

너의 단내 가득한 입 냄새도,

너의 땀에 젖은 머리에서 나는 쉰내까지

사랑해 준 이는

어미 하나였음을.

세 번째

고맙다.
너의 첫 세상이 나라서
너의 첫 미소, 첫울음, 첫 발걸음, 첫 번째 단어
모두 내게 줘서
고맙다.

괜찮다.
비록 네가 내 곁을 떠나
새로운 사람과 또 다른 처음들을 만들어 가도
네가 내게 준 그 수많은 처음의 기억으로
감사하며 너의 행복을 바랄 수 있기에
괜찮다.

세상에는 의미가 다른 많은 웃음들이 있다.
하지만 네 미소는
언제나 나를 향해
엄마, 나는 행복해요.
라고 말한다.

오늘도 네 미소를 보기 위해
부단히도 너를 행복하게 만드는
나.
오늘은 초승달도 웃는다.

네 번째

우산을 쓰고
나란히 걸었다.
앞뒤로 수시로 다니는 차를
나는 계속 신경 쓰며
멈춰, 가자, 멈춰, 가자를
반복했다.

비가 많이 오는 날도
비가 적게 오는 날도
나는 네 곁에서 함께 걸었다.

비 오는 날 아침
네가 유치원 버스를 발견하고
밝게 웃으며
우산을 접고 뛰어도
너는 비를 맞지 않는다는 사실을
느끼지 못했을 테지.

네가 우산을 접을 때
황급히 내 우산을 네게 씌우며
내 몸이 젖어 와도
나는 비를 맞는다는 사실을
느끼지 못했으니 말이야.

내리는 비를 막아 줄 수는 없지만
비가 오면 항상 함께 맞아 준다는
노래 가사처럼.
아니
내리는 비를 그치게 할 능력은 없지만
비가 오면 항상 막아 줄 거야.

내가 다 젖어
초라해져도
그건,
비 오는 날 한순간뿐이니.
맑은 날 또 함께 걷자
솜털 보송한 네 볼에
입 맞출 수 있게.

다섯 번째

네가 아주 작은 씨앗일 때부터
아니 그전에 존재하지 않았을 적부터
너를 사랑했었다.

움트고 발돋움하는
네 모습에
깊은 주름이 더 깊이 패도록
미소 짓는 사랑이 늘 그곳에 있다.

어쩌면 내 사랑보다
더 큰 사랑일지도 모른다.
내가 네가 겪을 시련이라는 비에
함께 우산을 쓰고 걸을 존재라면

그 사랑은
네게 우산을 내어 주고
네가 딛는 곳마다
활주로가 뻗기를 간절히
매일 눈물로 기도하는

사랑이다.

네가 기억하지 못하는 그 순간에도
나만큼이나
너를 사랑하는
큰,
사랑이 늘 그곳에 있다.

* 할아버지, 할머니께 사랑받는 모습을 보고 쓴 시

여섯 번째

너를 가득 안을 때
나를 녹이는
너의 체온에 놀랄 때 있다.
내 등을 감싼 네 손바닥에
위안을 얻는다는 사실에
눈물겹게 감사할 때 있다.

지난 봄날이 왔다가 두고 간
어느 정오의 따스한 햇살이
너에게 스민 걸까,
지난가을 산골짜기 켜켜이 쌓인
갈잎의 푸근한 숨이
너를 채운 걸까.

하루 종일
내 가슴에 시리게 내린 서리는
너를 안을 때
허무하게 녹아내려
다시금 너로 가득 푸르게
마음을 적신다.

일곱 번째

잘 자라 우리 아가
앞뜰과 뒷동산에
새들도 아가 양도
다들 자는데
왜 너는 안 자는 건지
궁금한 때가 있었다.

다른 아이들은 잘 먹는 음식을
왜 너는 도리질하는지
다른 아이들은 잘도 뛰노는 놀이터를
왜 너는 겁부터 집어먹고
꿔다 놓은 보릿자루처럼 놀이터 귀퉁이에 서 있는지
궁금한 때도 있었다.

1분이 1시간 같던 하루가 한 달 같던 때가 있었다.
그때는 미처 몰랐다.
너와 부대끼는 그 소중한 시간이
1시간이 1분 같고 한 달이 하루처럼
너와 함께하는 시간이

사각사각

연필깎이가 쉬지 않고 깎아 대는 연필처럼 짧아져 간다는 걸

그때는 미처 몰랐다.

어리숙한 어미는

여전히 모르는 것투성이인데

너는 이미 내 허리춤만치 자라 버렸다.

나는 아직도

여전히 모르는 것투성이인데.

여덟 번째

기대와 욕심은

눈앞에 잡힐 듯한 모습에
그곳으로 내달려도

막상 그 자리에 도착하면 온데간데없이
사라지고
다시금 저 멀리서 피어오르는
아지랑이와 같은.

왜 우리는 자꾸 잡히지도 않는 그것에 집착하는 걸까.

어차피 해가 지고 나면 모두 다 사라지는 것을.

아홉 번째

아무리 의연해지려 해도
아무리 자주 해도
익숙해지지 않는 건

요정같이 작은 입에서 나오는 기침
메추리알같이 여린 코에서 나오는 콧물
용암보다 뜨겁게 느껴지는 고열

엄마라는 자리는
결코 그것들에 익숙해질 수가 없다.

어제보다 오늘 더 사랑하는데,
어떻게 그럴 수가 있겠니.

열 번째

시간은 언제나 저만치 뒤에서
코웃음 친다.

내 앞의 시간은 자꾸만 재촉하고
지나간 시간은
언제나 한심한 표정으로
그러게,
내가 뭐랬어.
내가 소중한 거 이제 알았어?
하듯
비아냥거리고
자꾸만 돌아보게 한다.

지나 버린 시간이 각인된
사진을 들여다보며
그때를 되새김질하는 시간 역시
지나고 나면 어느새 과거가 되어 버리고

모래처럼 빠져나가는
일분일초에
허망한 듯 먼 산 보다가

또 아차 싶어
내 앞의 너를 한 번 더
끌어안아 본다.

열한 번째

너의 시간과
나의 시간은
다르게 간다.

내가 그때 그랬듯
너는 어서 어른이 되길 바라고
나는 여전히 네가 그곳에 머물기 바란다.

어느덧 자라 가끔 나도 놀라는
너의 자유로운 사고방식을
나의 지리멸렬한 사고방식으로
누를 때도 있다.

나는 백 프로가 아님에도
너는 백 프로가 되길 바란다.
그럼에도 나의 시간은 여전히 그곳에 있고
너의 시간은 자꾸만 앞으로,
앞으로.
때론 내가 먼저,

때론 네가 먼저.

우리는 좀처럼 함께 걷기가 힘들다.

조용한 밤

잠든 네 손을 가만히 쥐어 본다.

꿈길에서나마

네 손을 잡고 너와 함께 걸을 수 있게

너의 속도에 맞추어

그렇게.

그러다 어느 지점에 닿으면

너의 페이스메이커가 되어

너를 인도할 수 있게.

내 시간을 네게 맞추어 본다.

열두 번째

내 사랑이 지칠까
두려운 날에는
따뜻한 봄날 햇살 아래
그보다 더 반짝이던
너를 그려 본다.

앞날이 준비된 것도
그렇다고 어떤 일이 일어날지도
가늠조차 되지 않는
자정 너머의 시간은
내 단단한 다짐을 한순간 무너뜨리기에
충분한 힘을 가지고 있다.

모두 잠든 사이 부스스 일어나
내 속에 가득 찬 불쾌한 감정을
정화조에 내려보내고
무심코 비친 거울 속 무표정한 나를 보고선
화들짝 놀란 또 다른 내가
저 깊은 마음속을 뒤적여
겨우겨우 한 손에 꺼내 든 것은

반짝이는 너였더라.

나는 빛을 잃어 가는지도 모른다.
다시금 빛을 낼 수 있을지도 모른다.
아무것도 모른다.
하지만 지금 나는 슬퍼하지 않아도 된다.
아직 아무 일도 일어나지 않았으니.

네게 손을 뻗어
네 빛을 빌어 본다.
이내 나는
함께 반짝이겠지.

봄날 햇살 아래를 거닐지 못하더라도.

열세 번째

네가 떠난 나는
폐허가 되었다.

너와 함께 떠들며 한술 뜨던
사소한 저녁 식사의 행복도

다소 지저분하지만 일관되게
장난감 널브러진 거실에서의
웃음소리도

떼를 쓰며 동동거릴 때
부유하던
침대 위의 먼지도

다 저 아래로 가라앉았다.
그렇게 너 역시 사라져 버렸다.

네가 없는 텅 빈 집 안은
누군가 살았던 적 있었냐는 듯

외롭고 스산하게 남겨졌다.

나는 그렇게
아무도 찾지 않는 폐허가 되었다.
네가 찾기만을 기다리는
폐허가 되었다.

열네 번째

빗소리에 얹혀
함께 들려오는 너의 웃음소리가
마치
꿈결같이 아득하다.

매일 만지고 매일 느끼는
너의 통통한 두 볼이
마치
구름 위를 휘젓는 듯
손에서 미끄러져 나가 빈손만 움켜쥔다.

가끔은 나의 자리가
누군가의 소설 속 허상인 듯 어색해질 때가 있다.
나는 아직 더딘 엄마.
나조차 내 모습을 미처 다 알기 전에
어느 날 갑자기 내게로 와
초 단위로 성장하는 너를 온전히 받아들이기엔
어쩌면 부담이었는지도 모르겠다.

그래도 같이 커 보자.
네가 나를, 내가 너를
키워 줘 보자.

너로 인해 나는 다시 태어났으니
우리가 서로를 완전하게 만들어 보자.
적어도 둘이라면
혼자 걸어온 날들보다는 행복할 테니.

네가 나를, 내가 너를
키워 줘 보자
그렇게 해 보자.

열다섯 번째

엄마의 마음속에
옥수수 알갱이가 들어 있다.
감정 온도가
오르다 오르다
이내 어느 지점에 도달하면
옥수수들이 걷잡을 수 없이
터져 버린다.

한번 터진 옥수수 알갱이들은
금세 멈출 줄을 모른다.
여기 펑 저기 펑
알갱이들이 여기저기 튈까
꼭 닫아 둔 뚜껑마저 비집고 열어
튀어 오른다.

갑자기 날아드는 뜨거운 팝콘에
아이는 얼굴에, 손에, 다리에
그리고 가슴에
화상을 입는다.

피부에 생긴 상처는 이내 낫는다.
빨갛게 달아오른 가슴에 생긴 상처는
붉다, 물집이 생기다, 터지다, 벗겨지다, 다시 곪고, 좀처럼 새살이 나지 않
는다.

알잖아 너도.
네 가슴에도 상처가 있잖아.
어쩌다 아이에게도 그런 상처를 줬어.

내게 되묻는다.

가슴을 친다.
여전히 곪은 상처를 매만지며
배시시, 눈물도 채 마르지 않은 눈으로
나를 보며 웃는 너를 보다
나는 오늘도 운다.

열여섯 번째

여름날 저녁
산책하던 너의
작은 유리알같이 맑은 눈에
노을이 물든다.

한겨울 땔감 쑤셔 넣은 구들장 아랫목처럼
융통성 없이 뜨겁기만 하던
한여름의 태양도
설핏 고즈넉한 시간이 되면
하늘 위로 골고루 따뜻함을 흩뿌린다.

너를 향한 다소 과한 내 사랑이
부담되는 날도 있을 테지.

네가 바라보는 세상은 언제나
따뜻하길 바라는 어미는
뜨겁고, 따가운 사람이 될 수밖에 없다.

그래야 네 눈동자에
차가운 어둠이 덮쳐 너를 삼키려 할 때
네 눈을, 네 맘을 따뜻하게 채울
노을이 될 수 있으니 말이다.

열일곱 번째

잠결에 무심하게
툭
하고 내 목덜미를 감싸는 네 팔이
겨우 붙인 잠을 깨울지언정
그 따스함이
나는 싫지 않다.

식사 시간 엄지를
척
하고 엄마 요리는 언제나 최고라며
너스레를 떨면서도
좋아하는 음식만 골라 먹는
그 능청스러움이
나는 싫지 않다.

엄마를 놓칠세라
휙
멀리 뛰어가다가도 돌아서
다시 내게 오는 너의

느리지만 경쾌한 발걸음이
나는 싫지 않다.

등원 버스에 오르며 엄마 몰래
쏙
눈에 맺힌 물기를 닦으며
하트를, 뽀뽀를
사정없이 날리는
그 어른스러움이
나는 싫다.

죽은 뒤 차를 마시면 이승의 기억을 잃는다는
드라마 내용이
눈물 나게 싫다.

이토록 사랑하는 너를
잊고 다시 살아가야 한다는 걸
나는 인정할 수 없다.

그래서
또다시 태어나도
나는
너다.

열여덟 번째

소담스레 핀 민들레 홀씨가 말했지.

나는 이제 어디로 가나요?

너의 길은 처음부터 정해진 적 없단다.

네가 아무리 노력해도

하수구 진창에 빠져 싹조차 못 틔울 수도 있고

네가 아무리 발버둥 쳐도

네가 태어난 그 자리에서 또 한평생을 보낼 수도

있단다.

하지만 말이다.

너의 솜털 보송한 홀씨 하나가

누군가에겐 위로가 될 수도

네가 싹 틔워 피운 꽃 한 송이가

누군가에겐 사랑이 될 수도 있단다.

그러니 작은 아가야

낮은 곳에 있다고 낮은 것이 아님을
어두운 곳에 있다고 어두운 것이 아님을
너의 노오란 꽃 조명 아래도 움트는
토끼풀도 웃고 있다는 걸 기억했으면 한다.

오늘도 바람에 흩날리는 너를
가만히 들여다본다.

열아홉 번째

좋아하는 음식이 있다는 건
내가 입맛이 살아있다는 것.

좋아하는 노래가 있다는 건
내가 들을 수 있다는 것.

좋아하는 경치가 있다는 건
내가 볼 수 있다는 것.

좋아하는 사람이 있다는 건
내가 살아갈 이유가 있다는 것.

변하지 않는 것이 있다는 건
물론 다이아몬드에나 해당되겠지만
내 마음은 다이아몬드라는 것.

너를 향한 내 마음은
다이아몬드라는 것.

오래전부터 내 것이었던 양

깊이 박힌 화석과 같은 것.

내가 좋아하는 사람이 있다는 건
내가 살아가는 이유이자
내가 삶에 감사해야 하는 이유가 있다는 것.

내가 때가 되어 세상을 저버리고 떠날 때
웃을 수 있는 이유가 있다는 것.

내가 오늘도 행복할 이유가 있다는 것.

스무 번째

조금씩 두려워진다.
내가 알지 못하는
네 마음속 비밀이 많아질까 봐,
너의 비밀이 혹시
너의 슬픔일까 봐.

내가 미처 알아차리지 못한
너의 슬픔이
네 비밀로 자리해
네가 다 자라 버렸을 때
내가 안아 주지 못할까 봐.

심장에 셀 수없이 많은 혈관이
모두 멈춘 듯
두렵다.
내 고운 너를 잃을까 봐.

부디 너의 비밀은
아름답길.

예쁘고
다정하길.
네가 다 자란 뒤
예쁘게 포장하여 내게 꺼내 보여 주길.

나는 너의 뒷모습에도
웃어 보일 테니.

스물한 번째

한 봄날 찾아온
초록 물감 녹아내린 봄비도
한여름 날 느닷없이 퍼붓는
소란한 폭우도
한가을 날 산골 도토리 살찌우는
소담스러운 가을비도
한겨울 날 누군가의 슬픈 노래를 실은
겨울비도

감히 견주지 못할 비가 내린다.

아무리 퍼부어도 넘치지 않는다.
아무리 퍼내도 줄어들지 않는다.

나의 가슴 가득 채운
너라는 사랑비,

너의 표정 하나하나에 나는
오늘도
일희일비(一喜一悲).

스물두 번째

아가 네가 아픈 날이면
내 세상에 어둠이 내린다.
청초한 아기 민들레 머리맡에 내린 이슬도
이 어둠속에선
그저 눈물일 뿐이다.

아무 일도 없는
보통의 날을
새삼 소중하게 돌아보게 하는 건
행복이 아니라
아픔이 라는 것에 슬퍼져
조용히 눈물 떨구며
이 어미는 또 어두운 길을 걷는다.

그래도 아가
제아무리 어두워도
네가 나를 찾는 길은 밝힐 수 있게,
나를 태워서라도
네 손은 놓치지 않게,

너를 더 따뜻하게,
결코 너 혼자 아플 일 없게.

아가,
네가 건넸던 수많은 미소를
가슴팍에서 꺼내어
이 어둠에
밝은 네 미소를 수 놓아본다.

스물세 번째

내 마음은 바다

네가 있어 감사海

너를 위해 노력海

너와의 모든 시간이 행복海

우리 오래오래 함께海

네가 세상에서 가장 소중海

너를 사랑海

스물네 번째

보통의 날보다
다소 소란스러운 하루를
고이 접어
머릿속에 차곡차곡 쌓노라면
너의 감정을 헤아리지 못한 순간의
울퉁불퉁한 내 감정이
반듯하게 접어 쌓은 기억의 메모들을
우수수 무너뜨리고 만다.

어지러이 흩어진
기억들을 다시 주섬주섬
모으다 보면
저 바닥에 깔려 잊고 있던 기억들이
손에 잡힌다.

기억을 더듬는 손끝에서
이미 그때의 감정을 느끼곤

아차,

나는 또 같은 실수를 반복했구나.

아차,

너를 또 아프게 했구나.

너의 머리

너의 가슴

빼곡히 쌓인 기억 속

그 어딘가쯤 끼어든

울퉁불퉁한 어미의 감정이

행여나 너를 무너뜨릴까

두렵고 미안한 마음으로

잠든 너의 볼을 살며시 쓸어내리면

잠결에도 살포시 피어나는

너의 미소에

나는 또 내 가슴팍을 쓸어내린다.

스물다섯 번째

눈이 내린다.
매 순간 너의 눈이
나의 세상에 내린다.
희다 못해 투명한
너의 눈이
내 세상에 소복하게 쌓인다.

거부할 새도 없이 내린 너는
나를 뒤덮는다.
어느새 나는
온데간데없고
너를 오롯이 내 온몸으로 받아
또 다른 네가 된다.

너의 눈이 내린다.
매 순간 너의 눈이
나의 세상에 내린다.
빛나다 못해 투명한
너의 눈빛이
내 세상을 구석구석 밝힌다.

내 한 몸 숨길 틈조차 없이 밝은 너는
나를 비춘다.
어느새 나는
온데간데없고
너를 오롯이 내 온몸으로 받아
너를 마주 비춘다.

너로 인해 내가
완성되었다.

스물여섯 번째

엄마라는 직업을 얻었다.
그것은 흔히 말하는
3D 직업임에는 틀림없다.

하지만 신은

Dangerous를 감수하고서 너를 낳았더니
'Delight'를 주셨고

Dirty를 아무렇지 않게 치울 수 있는
'Do'를 주셨고

Difficult한 육아를 해내며
너를 그 누구보다 행복하게 해 주고픈
'Dream'을 주셨더라.

너는
내가 너에게 물려준
나의 DNA로

너를 Design하고,
너만의 소중한 Dalring을 찾았으면 한다.

네가 내 곁에 늘 있지 않아도
너를 낳은 Delight로 남은 삶을 Do 할 수 있고
너의 곁에서 영원히 떠나는 날 행복한 Dream 속으로 걸어갈 수 있게.

스물일곱 번째

아마도 너의 모습 중
내가 원치 않는
내가 생각조차 하지 못한
그런 모습이 있을지도 모를 테지.

아마도 그런 네 모습을 보는
엄마라는 사람은
네가 원치 않는
네가 생각조차 하지 못한
그런 모습이 있을지도 모를 테지.

그래도 욘석아.
아무리 못해도
네가 나를 생각함보다
내가 너를 생각함이 깊고
네가 나를 이해함보다
내가 너를 이해함이 깊도록
노력할 것이니

애야,

너는 그저

세상을 옳게 보는 눈만 떠다오.

너는 그저

세상을 품을 넓은 가슴만 키워다오.

스물여덟 번째

새벽녘 처연한 달빛이
수변에 걸터앉아 일렁인다.
달은 흔들린 적 없다.
다만 바람에
다만 물고기의 유영에
다만 지나치던 이가 무심코 던진 돌에
일렁일 뿐이다.

너는 달이 될지
물이 될지
물에 비친 달이 될지
알 수 없다만

적어도
작은 일렁임에 놀라 달아나지는 말아라.
물에 비친 달이 흐트러진다고
너도 흐트러지지는 말아라.

너의 손으로 물을 떠

네 손안에 달을 담아라.

그렇게 너만의 달을 가져라.

작은 일렁임도 없이 네 손에 가득 찬

너만의 달을.

스물아홉 번째

너는 행복한 사람이 되었으면 좋겠다.
네가 가까스로 쌓아 올린 모래성이
무너져도
그 모래를 밟고 올라
높은 곳이 아닌
먼 곳을 바라보는 사람이 되었으면 좋겠다.

너는 행복한 사람이 되었으면 좋겠다.
네가 그린 무지개가
비록 세상이 원하는
빨주노초파남보가 아니더라도
너의 색으로 다리 놓은 너만의 세상을
너의 방식대로 걸어갈 수 있었으면 좋겠다.

너는 행복한 사람이 되었으면 좋겠다.
비가 와서 옷은 젖어도
마음은 젖지 않는 사람이 되었으면 좋겠다.
모든 것이 얼어붙은 겨울에도
마음은 얼지 않는 사람이 되었으면 좋겠다.

더위에 모든 것이 시들어 가도

네 삶에 대한 열정은 꺼지지 않고 타올랐으면 좋겠다.

너는 행복한 사람이 되었으면 좋겠다.

그 행복한 마음으로

너의 사람 또한

행복하게 만들 줄 아는 사람이 되었으면 좋겠다.

그랬으면 좋겠다.

서른 번째

나는 루저.
언제나 네게 지고 마는
루저.

너를 이기고픈 마음은 없다만
가끔은 이겨야 할 상황에도
네 눈물에
네 미소에
네 애교에
있지도 않은 너를 향한 냉정
애써 뒤적여 찾아내
하나하나 쌓아 올린
훈육의 성이
원래부터 있었던 적 없는 듯 무너진다.

유리창 같은 너의 눈에
빗물이 떨어지노라면
내 심장이 함께 떨어져 나가
네 빗물에 휩쓸려 사라진 듯
가슴 한편이 휑하다.

나는 내 심장을 지키려

오늘도 루저가 되고

그런 루저를 밟고 올라선

위너가

세상에서 둘도 없는 갑질을 해 대다

인심이라도 쓰듯

미소 한 보따리 툭 던져 주면

휑해진 가슴 한편에 보따리 쑤셔 넣고선

그저 좋다고 헤벌쭉하는

나는 루저.

언제나 네게 지고 마는

나는 루저.

서른한 번째

인간이 가진 능력 중 가장 큰 축복은

망각

이라고들 했다

그 망각 덕에

추억은 아름답다는 말도 생겨났고

원수를 용서할 수도 있고

출산도 두 번, 세 번 할 수 있는 거라 했다.

문득,

잊은 것이 고통과 슬픔만은 아니었다는 생각이

우박처럼 쏟아져 내렸다.

우박이 닿는 곳마다 패고, 생채기가 났다.

너무 미안해서.

잘 때도 먹을 때도 놀 때도

수시로 퍼붓는

이 수천수만 번의 뽀뽀와,

엉덩이 실룩이며

기성 가요에 춤을 추는 모습에

눈이 사라질 정도의 미소와

잠들었을 때도 수시로 짚어 보는

이마 위의 손길

이불을 덮는 다독임

매끼 따뜻한 밥

책을 읽어 주던 목소리

작은 상처에도 숨죽여 울던 그 모습

잊으려고 잊은 게 아닌

그저 살아오며 잊혀진

그래서 가끔은 어긋나고

그래서 가끔은 소리치고

그래서 가끔은 지겹던

그래도,

늘 따스한

엄마가 생각나서

나는 또 울었다.

잊혀지기에

그래서

투정도 부리고

응석도 부릴 수 있는 거라고
자식은 응당 그런 맛이 있어야 한다고
너무 일찍 철이 들어
삶에 너무 애쓰지도 말고
필요할 땐 어미 곁에서 등 비비며 살길.

그래서 오늘도 나는
너로 인해 지쳤던 시간들을
망각한다.

서른두 번째

길 잃은 아기별 하나가 내 품으로 쏙 파고들었어.
작고 여리지만 맑고 눈부신 빛을 내며
떨고 있었지.

나는 영문도 모른 채 아기별을 꼭 끌어안았더니
떨림은 사라지고 어느새 곤히 잠들어 있었어.

내 품에서 아기별의 빛이 점점 밝아질수록
내 빛을 잃어 가는 것도 몰라.
아기별의 밝은 빛에
볼품없이 죽어 버린 내 빛에도
그저 행복한 사람이 되었어.

시간이 지나 내 빛을 먹고 자란 아기, 아니 큰 별이
제 길을 찾아 훌쩍 떠나 버려도
괜찮아.
너의 빛으로 가득했던 내 품,
너의 온기로 가득했던 두 손,
그 느낌만으로도 남은 시간은 충분히 행복할 테니.

서른세 번째

자꾸만 잊는다.
뜨거운 김이 서린 욕실 거울처럼
희미해진다.
기억이 나지 않는다.

엄마는 자꾸만 기억을 잊는다.

건망증이라고 불리는 그것을
나 자신에게 한탄하며
잊지 않으려 노력하지만
그 잊지 않으려 하는 노력을 잊는다.

엄마는 그만큼 정신이 없다.

흔히들 말한다.
'아이를 낳으면 그래.'
그래, 너를 기억하기에도 정신이 없다.
매일매일
너를 담아 두기에도 부족하다.

엄마는 그렇게
자꾸만 너를 채워 두느라
다른 기억을 머리에서 덜어 낸다.

머리가 가득 차면
마음으로 기억한다.
마음은 잊힐 리 없다.

언젠가
내 뉴런의 마디마디가 끊어지고
몇 남지 않은 뇌세포로
눈을 뜨고 감는 것만 기억할지라도

마음은 잊힐 리 없다.
너를 기억한다.

그래서 오늘도
너를 제외한
다른 기억 한 움큼을 덜어 낸다.

서른네 번째

엄마는 자꾸만 과거를 먹는다.
추억에 빠져 시간을 거슬러
오늘은 어제가 그립고
내일은 오늘이 그립다.

어제의 기록을 보며
하루 사이 껑충 자라 버린 아이를 향한
감동 한 스푼
아쉬움 한 스푼
반성 한 스푼
골고루 섞은 그 어제의 추억을
먹고 산다.

그래서 엄마는 늙어 간다.
어제를 먹고 사느라.
한발 늦게 아이를 따라가느라.
그래서 아이는 커간다.
내일을 먹고 사느라.
엄마의 젊은 날을 딛고 일어서느라.

솜방망이 같은 발로
엄마의 가슴팍을 망아지처럼 뛰어다녀
그 때문에 가끔 멍이 들고
괴로워도
엄마는 또
아이가 잠든 밤이면 과거를 꺼내어
감동 한 스푼
아쉬움 한 스푼
반성 한 스푼
골고루 섞은 어제의 추억을
음미하며 잠이 든다.

서른다섯 번째

혼자 길을 걷다
씨앗이 송송 퍼진
민들레를 보았다.
피식
민들레 씨앗만 보면 달려드는
네 생각이나 나도 모르게
입술 사이로 웃음이 새어 나온다.

혼자 장을 보다
그 많은 물건들 사이에서도
네가 좋아하는
새우 과자를 보며
피식
밤낮으로 그 과자만 찾는
네 생각이나 나도 모르게
과자를 집어 든다.

혼자 있고 싶을 때가 많았다.

혼자가 싫어 사랑을 했고
혼자가 외로워 결혼을 했고
혼자 있기 싫어서
늦은 밤까지 일하는 그에게 화를 내었었는데.

나는 혼자 있고 싶어서 울었다.

하지만
기어이 눈물로 얻어 낸
혼자만의 시간에도
나는 네가 있는
집 근처를 벗어날 수 없고
집 근처 카페에 앉아
한동안 끊었던 커피를 마시며
휴대전화를 뒤적였다.

네 사진을 보려고.

끝나지 않는 전쟁 같은 시간 뒤에 찾아온
네가 잠든 시간
잠든 네 곁에서 나는 또
휴대전화를 뒤적였다.

네 사진을 보려고.

이젠 혼자보단
우리가, 함께가 좋다.
함께 있지 않아도
나는 늘 너와 있듯
너를 위한 일들로 가득하다.
너를 향한 사랑으로 가득하다.
네가 내 맘에 가득하다.

서른여섯 번째

환기가 필요해 열어 둔 창문 틈으로
밤새 비가 스며들었다.
다 마른 빨래에
다시금 습기가 가득해졌다.
건망증을 탓했다.
그렇게 나를 탓하니
이내 기분이 나빠졌다.

날씨 탓을 할 수도 있었다.
왜 하필 내가 창을 열어 둔 날
비가 왔냐고.
하지만 비는 잘못이 없다.
그걸 알지만 속상한 나는
괜스레 날씨 탓을 하며 이죽거렸다.

환기가 필요해 열어 둔 창문 틈으로
밤새 찬 기운이 가득 들어와
다 나아가는 너의 감기가
다시금 심해졌다.

건망증을 탓했다.
그렇게 나를 탓하니
이내 기분이 슬퍼졌다.

그 무엇도 탓할 수 없다.
왜 하필 내가 창을 열어 둔 날
감기에 걸렸냐고.
그렇지만 너는 잘못이 없다.
그걸 알기에 속상한 나는
자꾸 나 자신에게 돌을 던지며 울먹거렸다.

안다.
너의 웃음도
너의 눈물도
너의 기쁨도
너의 슬픔도

모두 내가 이룬다는 걸.
그래서 가끔은 내 기분과 상관없이
너의 감정에 나를 맞춰야 한다는 걸.
모든 것을 회피하고 싶은 날에도
결국 나는
너를 위해 삶을 연주해야 한다는 것 역시

변하지 않는다는걸.

그래도 견딜만하다.
내 두 손에 쥔 삶의 현을 어설프게 퉁기며 음악을
만드노라면
음악에 맞춰 궁둥이 들썩이며 춤추는
너를 볼 수 있으니 말이다.

서른일곱 번째

도롱도롱
너의 잠든 숨결에
계절이 변하는 순간의 내음이 번진다.

햇살 한 줌이 털썩
멍석 깐 앞뜰에
어느새 내려앉은 지난 계절의 추억이
오랫동안 보관하기 쉽게
잘 말려진다.

너를 위한 매일이
비록
너로 인해 고달파도
잘 마른 추억 하나 꺼내 물고
오물오물
곱씹으며
단물은 삼키고
쓴 건 뱉어 버린다.

너는
그렇게 언제나
달콤하게 나를 물들인다.
비록 당장 고배를 드는
여정일지언정
괴로울 리 없다.

이 또한 시간이 지난 뒤엔
달콤했다 말하게 될
햇살에 잘 마른 추억이 될 테니.

서른여덟 번째

가만가만
이불을 덮는다.
잠결에도 남아 있는 일말의 책임감에
내 눈의 잠 부스러기를
휘
흔들어 떨어뜨리고선
토닥토닥
이불 위로 전해지는 너의 온기를
느끼다
다시금 잠이 든다.

아직은
책임이라는 단어보다
이기적이라는 단어가 더 어울리는
미숙한 여자는
작은 여유와
작은 쉼을 향한 갈증에
애먼 찬물만 들이켜다
사레에 걸린다.

심한 기침 끝

눈가에 찾아오는 촉촉함이

과연

슬퍼서인지

기침 때문인지도 모를 때

나만 보던 걱정 어린 눈동자의 마주침에

이내 그것은

나의 이기심에서 비롯된 것임을 깨닫고는

슥슥

훔쳐 낸다.

내 젊은 날의 숙원사업이

더디고, 힘이 들 수 있어도

버리고, 지칠 수는 없으니.

이기적인 자리를 밀어내고

차곡차곡 책임을 쌓아 올린

집을 짓는다.

언젠가

내가 너를

따스함으로 오롯이

지켜 낼 수 있게.

서른아홉 번째

너를 처음 보고
내가 좋아하는 음식들을
먹지 못하게 되고
내가 좋아하는 영화를 못 보게 되고
내가 좋아하는 많은 것을 포기했어도
그렇게 슬프진 않았다.

너를 만나기 위해
난생처음 겪는 굴욕과
난생처음 겪는 고통과
난생처음 겪는 기다림
끝자락에서
너를 만났을 때도
그렇게 아프진 않았다.

너를 만난 이후에
내가 비록 너를 안고 다녀 팔에 알이 배고
밤새 너를 재우느라 팔이 저리고
너를 업고서 뜨거운 불 앞에서 너를 먹이려 죽을 쑤며

다리가 터질 것 같고 허리가 뻐근해 와도
그렇게 힘들지 않았다.

지금 내 슬픔은
네가 아파 먹지 못할 때이고
지금 내 고통은
네가 아파 괴로워할 때이고
지금 내가 가장 힘든 것은
아픈 너를 보며 대신 아파 주지 못함이다.

아가야,
내 두 번째 심장아.
네가 언제나
건강하길
꿈속에서도 소원한단다.

마흔 번째

나는 네가 철들지 않았으면 좋겠다.
언제든 네가 내게 와 투덜거렸으면 좋겠다.
친구가 장난감을 주지 않아서
친구가 이젠 내가 싫다고 해서
울상이 되어 집으로 돌아와
내게 투덜거리며
왈칵 눈물을 쏟아 내도
나는
네가 사랑스럽기만 하다.

나는 네가 철들지 않았으면 좋겠다.
새로운 장난감을 사 주지 않아서
먹고 싶은 과자를 사 주지 않아서
입이 삐죽 나와 뾰로통하게
내 말에 대답하지 않아도
나는
네가 귀엽기만 하다,

나는 네가 철들지 않았으면 좋겠다.

숨겨 둔 장난감을 슬며시 내밀 때
눈물 송송 아롱진 속눈썹이
보이지 않을 정도로
만개한 모란만큼이나 얼굴 가득 활짝 핀 미소에
아가, 그렇게나 좋으니?
나는
네가 신기하기만 하다.

나는 언젠가 네가 철들길 바라는 날이 올 테지만
그날은 내가 세상에 없을 때 왔으면 한다.

네가 훌쩍 자라 어느새 다 큰 어른인 양
우쭐대며 잘난 척 뽐내도 괜찮다.
네 일을 혼자 해결해 보려 애써도 괜찮다.
그래도 네가 지치는 날이면
언제든 내게 와 투덜거릴 수 있게
언제든 왈칵 눈물 쏟아 내며
내게 기댈 수 있게

내가 네 곁에 있는 시간만큼은
그렇게 네가 다시 웃을 수 있게
언제든 내가 너를 안아 줄 수 있게

나는 네가 철들지 않았으면 좋겠다.

마흔한 번째

문득
내려다본 내 손의
화석처럼 박힌 상처.
세월의 밑바닥.

지우려 털어 낼수록
더 선명히 드러내더라.
같지도 않은
흔적들은.

장갑을 낀다고
사라지는 건 아니잖니.
허울 좋은 미소로
덮어질 건 아니잖니.

굳이 지우려 애쓸 이유는 없더라.
거기에도 예쁜 꽃 한 송이는 있더라.

문득

내려다본 내 손 아래
새초롬히 고개 든 꽃 한 송이 있더라.

거친 만큼 튼튼해진 손으로
그 꽃 한 송이만큼은 지켜 냈더라.
그래서 내 손에는 상처가
필요했나 보다, 라고
그 꽃이 나를 보며 웃을 때
비로소 이해가 가더라.

마흔두 번째

슬며시 내 검지를
잠든 네 코끝에 대 본다.
달빛도 잠들어
간헐적으로 내뿜는 여린 빛을
고양이 눈처럼 끌어모아
너의 작은 가슴팍의 오르내림을
확인한다.

발로 걷어 내며 다닐 만큼
네 장난감으로 엉망이 되어 버린 거실과,
기껏 차린 밥상 잘 먹지 않아 화가 나도 온종일 서서 뚝딱이던 물기 흥건
한 주방과,
서늘히 식어 버린 물로 가득 찬 욕조에 물놀잇감이 둥둥 떠다니는 욕실과,
제짝을 찾기 힘들게 널브러진 신발장과,
계절이 뒤섞여 버린 서랍장과
그리고 내동댕이쳐진 내 자존감에
울분을 토하며
어서 네가 잠들기만을 고대하던
그 고즈넉한 시간.

소리 없이 곤히 잠든 너의 모습에
내 심장이 쿵쿵.
너의 작은 몸짓과
너의 따스함으로
나는 평온을 찾는다.

네가 없는 시간이 아닌
네가 잠든 시간이 아닌
네가 밥 잘 먹고,
네가 얌전히 있어 주는 시간이 아닌
내가 손 뻗었을 때
언제나 따스한 존재인 너를 느끼는 것이
나의 평온이라는 것에
오늘 하루를 또 반성하는 밤.

오늘따라 달은
어설픈 나를
괜스레 밝게 비추어
숨을 곳도 없게 한다.

마흔세 번째

너는 술이다.
내가 가장 나답게
나를 솔직해지게 만드는
너는 나의 술이다.

네게 만취한 내가
그 알딸딸함이 행복해서
취기가 깨지 않았으면 했다.

가끔은 너를 받아들이기가
힘든 날이면
애써 외면하고 돌아서기도 했다.
내가 너를 과하게 품다
내가 지쳐 쓰러질 것 같은 그런 날이면.

돌아선 내 코끝을 쥐고 흔드는
잘 익은 너의 향기에
너를 찾는다.
다시금 취한다.

너를 마음껏 사랑하고 나서야
편히 잠든다.

너에게 취한
나라는 중독자.

마흔네 번째

다소 서툰 몸짓으로
그러나 쉼 없이
열 달이라는 시간 동안
물레질했단다.

네가 빚어지는 시간 동안
별들도 지치지 않고
미소 띠며
너를 지켜 주었지.

너의 작은 아기 손톱 하나까지
내 손이 닿지 않은 곳 없어.
다리가 굳어 가도
멈출 수 없었단다.
이미 시작되었기에.

별수 있나.
이미 손안에서
내가 밟는 물레질 속도만큼
네가 완성되어 가는데.

어설프겠지.
투박하겠지.
멋쩍은 미소로
머리 긁을 수도 있겠지.

괜찮아.
인고의 시간으로 빚어내고
구워 낸 너는
너를 지키던 별빛도 눈감을 만큼,
빛날 테니까.

마흔다섯 번째

비가 왔다.
장마보다 더 지긋지긋하게 긴
비가 왔었다.

지겨움을 넘어
모두 내려놓고
그저 처마 끝에 맺힌
빗방울만 바라봤었다.

번개가 치고
천둥이 쳐도
숨을 곳 없고
아무리 달려도
제자리에만 맴돌던
그 슬픈 꿈.

나는 오래도록 잠들어 있었다.

새소리가 들렸다.
익숙하지 않은 따뜻함이
속눈썹을 간지럽혀 눈을 떴을 때
아침이 왔다.

햇살이 너울지는 너라는 아침.
너는 그렇게 내게 왔다.

누더기가 된 나의 앞섶을 어루만지며
나의 아침은 그렇게
내 긴 꿈에서 깨어나게 했다.

마흔여섯 번째

설거지를 하느라
너를 잠시 등지고 섰다.
너는 그런 내 뒷모습이
어쩐지
두려웠으리라.

하루하루
매일 반복되는 일과임에도
나의 뒷모습은
너에게 언제나 익숙지 않은지
오늘도 옷자락을 붙잡고
칭얼칭얼.

잠시 미루어도 될 일이다.
미루다 쌓이면 내일 해도 될 일이다.

하지만 이 생각은
너를 기다리게 하고.
화가 나서 소리치고
네가 울고 나서야

비로소 정리가 되는 생각이다.

언젠간 너도
엄마에게 등을 보이겠지.
엄마는 너의 생소한 뒷모습에
지금 네가 느끼는 그 감정과 비슷한,
두려움이 내 감정에
툭- 얹힐 생각을 하니

아득하게 먼 훗날의 그 일이
방금 눈앞에 벌어진 일인 양
쿵쿵쿵
심장을 요동치게 한다.

아가,

잊지 말아라.
결코 내 뒷모습은 너를 외면한 것이 아님을
너를 등진 그 순간에도
내 머리카락 한 올까지
너를 향해 있었음을.

마흔일곱 번째

왜
너는 되고
나는 안 되냐고
무수히 질문했다.

왜
그는 아빠가 되고도
마음 놓고 술에 취하고
왜
그는 아빠가 되고도
아이가 아플 때 밤에 편히 자는지,
왜
나만 아이 밥을 다 먹인 뒤
식어 빠진 밥을 싱크대에 서서
들이마시듯 먹어야 하는지,
왜
같이 아이를 낳고
나만 이렇게 외롭고 괴로워야 하는지,
무수히 질문하고 다투었다.

그렇게 다투는 날에는
네가 나가 버린 그 거실에서
나는 눈물 흥건한 볼을 쓸어내리고
채 마르지 않은 눈으로
아이를 바라보며
아냐 엄마 안 울었어, 하고
떨어지는 꽃처럼 슬프게 웃어 보였다.

그래도,
너는 안 되고
나는 되는 게 있더라.
숫자를 매겨 나열할 수도 없고
표현할 수 없는
그런 게 있더라.

아이가 성장하며 보여 주는
'처음'인 순간을
너보다 더 많이 간직한 내 마음이
너를 향한 서러움도 이기더라.

그 마음으로
아마도 평생
너를 이기리라.

마흔여덟 번째

피었다,
다시금 피어났다.
전깃줄로 줄넘기하던 매서운 바람도
한적한 공원 벤치 위 새하얀 눈도
모두 사라졌다.

어쩌면,
따뜻해서 봄이 온 게 아니라,
따뜻해서 꽃이 핀 게 아니라,
꽃이 피니 봄이 왔고
꽃이 피니 따뜻해졌는지도.

내가 행복해서 웃는 게 아니라

아가,
네가 꽃처럼 웃으니
내가 행복해지듯.

마흔아홉 번째

목이 다 늘어나고
소매가 다 닳아 버린 옷을
차마 버리지 못하고
또 한 번 입어보고 벗어 둔다.

버려야지,
서랍장을 열 때마다
곰팡내 나는 추억이
다시금 피어올라
눈 밑이 파르르,
서랍장을 닫는다.

딱히 어울리지도 않는 그 옷을
이미 다 낡아 버린 그 옷을
자꾸만 넣어 두느라
작고 곱디고운 배냇저고리 한 장
둘 곳도 없다.

돌아오는 봄에는
버려야지.
그리고
햇살 향기 가득한 너의 옷으로
가득 채워야지.

꼭,

그래야지.

쉰 번째

다시는 보고 싶지 않다고 했다.
살얼음 낀 눈가에
눈물이 펑펑
그래서 다신 보지 말자 했다.

자꾸만 머무는
차가운 공기에
이제 그만 가라고
소리치고 악다구니를 해도
너는 내 안의 아주 작은 틈도 놓칠세라
비집고 들어와
모두 얼려 버렸다.

때가 되면 돌아가고
때가 되면 잊혀지고
때가 되면 또 언제 그랬냐는 듯
다시금 생각나는 너를 보내야 하는,

그렇게
내게 다시
봄이 왔다.

쉰한 번째

누가 시킨 것도 아닌데
누가 상 주는 것도 아닌데
누가 도와주는 것도 아닌데
내가 세상에서 태어나
가장 열심히 몰두하게 된 너에게

어쩌면
사랑이라는 이름과
희생이라는 감투로
또 다른 내 꿈을 이루고자 하는지도 모른다.

어찌 내 꿈이 너의 꿈이 될 수 있겠니.

너를 위해 살아라.
너를 위해 꿈꿔라.
너를 위해 뛰어라.

뛰다가 넘어져 땅에 부딪혀도 된다.

나는

지쳐 쓰러진 너를

언제든 안아 줄 수 있는

넓은 대지가 되어 줄 테니.

쉰두 번째

손가락 하나,
네가 너의 작은 다섯 손가락으로
고작 나의 약지 하나를 꼭 잡을 정도였을 때
나는 행복보다 두려움 더 많은 엄마였다.

매 순간 조여 오는
너라는 시간은
주체 못 할 감정의 노동과 육체적 노동을
채 삭힐 틈도 없이
내 온몸에 스며들었다.

손가락 두 개,
네가 꽤 자랐다고 느껴진 그때에도
너의 통통한 다섯 손가락은
고작 나의 손가락 두 개를 겨우 감싸 줄 뿐이었다.
여전히 너는
날카로운 공기에도 얼어 부서질 듯
여린 새싹이었다.

손가락 다섯 개,

훌쩍 커 버린

어쩌면

흰머리 성성한 내 머리 위에

너의 머리 그늘이 질지도 모르는 그때에

너의 다섯 손가락으로

내 열 개의 손가락을 감싸 줄 수 있겠니.

네 손이 내 손을 가득 거머쥘 수 있을 때

내가 너의 손가락 하나 정도는 잡고서

봄날,

하얀 꽃잎 날리는

흙길을

거닐고 싶구나.

쉰세 번째

아가,
엄마는 아직도 동화 속 공주님을 동경하는
철부지란다.
그래서 매일 동화와는 너무 다른 현실에
울고 투정 부리기도 해.
하지만 네 눈 속에 펼쳐진 세상은
동화처럼 아름답더구나.

아가,
엄마는 아직도 너를 대하는 게 서툰 초보 엄마란다.
어제와 오늘이 그리고 내일이 다른
너의 모습에 매일 놀라고 당황하고
가끔은 감당하기 힘들기도 해.
하지만 너의 그런 모습 모두
살면서 처음 느낀 벅찬 감동이더구나.

아가,
엄마는 세상이 원하는 완벽한 사람이진 못해도
너에게만큼은 완벽한 엄마이고 싶단다.

내가 너를 이해하기 힘든 순간에도
너는 나를 이해하고 있다는 걸.
내 부족함마저 내 서투름마저
엄마라는 이유로 이해해 주는

내 작은 요정.

아가,
너는 어쩌면
나를 키우기 위해 태어났는지도 모르겠구나.

쉰네 번째

꽃이 진다.
봄이 오고 비가 오고
말갛게 씻은 얼굴에 햇살 가득 담던
꽃잎이

팔랑,

꽃이 진다.

너무 일찍 펴 버린
그리고 너무 일찍 져 버린
그래서 남루하기 짝이 없는 몰골에
버석이는 손끝에 나뭇가지를 쥐고
더듬더듬 햇살을 꿰어
이불을 짓는다.

세상 다 얼어 버린 그 겨울에
목숨 걸고 지켜 낸
내 작은 씨앗 하나

햇살로 지은
이불 아래

꿈틀,
움트는 소리에

씨익, 고 녀석.
켜켜이 쌓인 테가
바스락거리며 부서져 내린다.

쉰다섯 번째

아들,
엄마한테 잘해라.

네가 커서 독립했을 때 사랑받는 길이다.

엄마가 엄마로서 대접이 아니라
여자로 대접받을 때
가장 빛난다는 걸 잊지 말아라.

그것이
너의 여자에게도
당연한 일인 걸 잊지 말아라.

너의 곁에 빛나는 사람이 있길 원하거든

너는 해가 되어라.
어두운 밤하늘 밝게 비추는 보름달이
자연스레 너를 마주할 테니.

쉰여섯 번째

나는
너에게 남들보다 좀 더 멋진 엄마가
되고 싶었다.

나는
너에게 다른 아이들보다 좀 더
나은 삶을 선물하고 싶었다.

내가 걸어온 길보다
완만하고
내가 겪은 말 같지 않은 경험보다
평범한
그러나 특별한 삶을 주고 싶었다.

모든 부모가 그러하듯
더 주지 못함이 안타깝고
멋지긴커녕 엄마라는 이름에 모자란 듯한 나를 느끼며
자는 너의 얼굴을
내 눈물로 세수시킨 밤도
적잖다.

하지만 문득
너의 할머니가 떠오를 땐
나도 너만큼이나 어린아이가 된다.
너처럼 울고, 너처럼 칭얼거리다가
또 문득
이렇게 수많은 밤을
나처럼 울었을 그녀가 가여워진다.

더 특별하지 않아도
더 많은 것을 주지 않아도
더 멋지지 않아도
그녀는
언제나 가장 소중하다는 걸
비로소 느끼는
공기도 잠든 깊은 밤.

엄마,
굳이 발버둥 치지 않아도
너의 엄마라는 이유만으로도
나는 너에게 가장 멋지고 특별하다는 걸
내 엄마를 떠올리고 나서야
비로소 나는 안도를 한다.

쉰일곱 번째

새하얀 설원 위의
발자국은
함부로 내서는 안 된다고 했다.

그 하얗고 고귀한 순결함 위에
발을 내딛기가 쉽지만은 않았다.
몇 번이나 마음 다잡고,
눈 질끈 감고,
심호흡하고,
한 발자국, 두 발자국.

그 어떤 흔적도 없는
그 어떤 길라잡이도 없는
눈 위를 걷다
시리고, 지치고,
지금 걷는 길이 어디로 가는 건지 알 수 없는
두려움이 엄습해 올 때쯤
돌아보았다.

오직 내 발자국만 남은 그 길 위에서
돌아갈 수도
그렇다고 그 자리에 서 있을 수도,
앞으로 나아가기에도
자신이 없어
바람에 흔들리는 나뭇가지마냥
서서 울었다.

본디 잃을 게 많을수록
두려움도 커지는 법.

나는 너를 바라보고 있었다.
잔망스러운 엉덩이를 흔들며
내가 낸 발자국만 폭폭 따라 밟는
너를 바라보고 있었다.
그런 네가 도착하는 곳이
아름답지 못할까 봐
나는 더 두려웠다.

그래도 먼저 가겠다.
비록 그곳이
아름답지 않아도
따뜻하지 않아도

먼저 도착해서

불 밝히고 청소해 두겠다.

너를 위해

나는 또 걷는다.

너를 위한 길을

닦아 두겠다.

쉰여덟 번째

나 여기 있고
너 거기 있지.

바람이 너를 데려가도
나는 여기 있지.

손에 쥘 수조차 없는
흔적조차 없는
추억조차 없는
그 가벼움도

괜찮아.

또 바람 불면,
너를 데려올 테니.

쉰아홉 번째

오늘 하루
나는 참 잘 참았다.

최대한 아이에게 존대를 하고
최대한 아이의 짜증에 관대하고
최대한 그 짜증을 편안하게 해 주기 위해
나는
오늘 하루
잘 참았다.

밥을 늦게 먹는다고 화내지 않고,
만지지 말았으면 하는 물건을 가지고 놀아도 잠시만 그렇게 놀자 하고 기
다려 줬다.
발음도 제대로 되지 않아 읽을수록 힘든 영어 동화를 예닐곱 권 읽으며 답
답한 마음에 점점 짜증이 치밀어도
꾹꾹 눌러 참으며 최대한 아이를 배려했다.

내가 화내지 않으니
너도 내지 않길 바라는 속물 같은 마음 역시 존재했다.

너를 돌보며 집안일을 하고
내 일을 하고
휴대폰을 만지고
씻고, 먹고

그러는 내가 참 잘 참았다고
생각했다.

엄마가 안아 줘서 나는 행복해.

라고 말하는 아이를 보며

참아 준 건 내가 아니라 아이였다는 걸
알게 되었다.

내가 요리를 할 때도
내가 청소를 할 때도
내가 설거지를 할 때도
내가 일을 할 때도
내가 잡담을 나누느라 만지는 휴대폰을 볼 때도

아이는 나를 기다려 주었다.

엄마를 보지 못하는
매일같이 가기 싫다고 말하는 어린이집에서
엄마 없는 긴 시간을 얌전히 보내고
엄마와 함께하는 시간만 기다리는 아이는
집에서도 엄마의 일이 끝나 주길
그래서 나를 안아 주고 놀아 주고 예뻐해 주길
잘 참고 기다려 주었다.

참다 참다 지쳐
떼를 부리면

너는 왜 엄마를 힘들게 하니?
하는
못난 엄마를

아이는 그저 그런 엄마라도
내 눈을 한 번 더 바라봐 주길 바랐다.

참은 건 내가 아니라
언제나 아이였다.

배 속에서부터
원치 않는 음식을 엄마가 먹고

원치 않는 걸 엄마가 보아도
언제나 아이는 참아 주었다.
태어남과 동시에
배가 고파도 참다 결국 터뜨린 울음과
대소변을 보고 찝찝함을 참다
터뜨린 울음이었다는 걸.

어느 정도 자란 아이의 떼는
나만 봐 줘가 아니라
'이제 나 좀 봐 줘' 라는 걸.

문득 오늘 눈을 마주 보며 싱긋 웃는 너를 보고야 알게 되었다.

내일은
엄마가 참아 볼게.
네가 바라기 전
더 많이 열심히 너를 안아 줄게.

더 많이 기다려 줄게.

예순 번째

세상에
쓸모없는 게 어디 있을까.
세상 빛 보기도 전에 돌돌 말려
은밀한 그곳만 깨끗이 하고선
사라지는 두루마리 휴지의
촌스럽지만 섬세한 꽃무늬도
태어난 의미는 있겠지.

나도 그러해.
의미가 없다고 생각했던
하찮다고 생각했던 이 삶이
너로 인해 소중해졌고
의미 없는 내 삶이
비로소 의미를 가지게 되었다.

비록 너로 인해 내 삶이
헤아릴 수 없이 슬퍼지고 고되어졌어도
비록 나라는 꽃이 빛도 보기 전
보잘것없이
하수구에 버려졌어도

괜찮아.

너 때문에 힘이들고
너로 인해 주름진 내 얼굴에
눈물 자국 선명해도

너로 인해 행복하니
나라는 꽃도
내 삶의 의미도
너로 인해 소록소록 피어날 테니.

예순한 번째

그래,
조금 못나지면 어때.
찬기 덜 가신 초봄에
춥다고 너스레를 떨며 피어난 개나리 같던 손끝에
습진이 생겼으면 어때.

누구나 잡아 보고 싶어 하던
가녀린 손에
울퉁불퉁 도로 위 요철같이
푸른 핏줄이 올라왔으면 어때.

해가 지나면
나무가 나이테를 늘려 제 몸을 불리듯
손가락 마디마디가 굵어지고
옹이처럼 지지 않는 상처가 하나둘 늘어나면 어때.

내 이 못난 손길 닿을 때마다
꽃잎 사부작거리듯 웃는
네 웃음소리가 이렇게나
사랑스러운데.

예순두 번째

내 안에서 살던 네가
어쩌면 처음부터
내 것이 아니었던 네가
한 가지, 두 가지…… 그리고 많은 것이
내 손길이 필요치 않게 된들

그게 뭐 대수인가.

네가 다른 곳을 보고 웃고
네가 다른 이유로 울고
언젠가
네가 나 외에 누군가를 더 큰마음으로 품는다 해도

언제나 내 시선은

널 향해 있을 것을.

예순세 번째

내 어릴 적 달빛은 너무나 길어서
언제나 한참을 접어 입어야 했다.
비로소 몸을 다 꿰어 넣었을 때
어색하기 그지없는 그 어눌한 모습에
나조차도 나를 마주하기 어려웠다.

그런 나와 만나는 시간은
너무나 고독하고 씁쓸해서
몇 번이나 괜찮냐고 되물으며
다독여야만 했다.

비가 내려 달빛조차 숨은 날엔
추워서, 외로워서
그 어눌한 달빛 가운을 그리며
고독마저 아쉬워했다.
그러다 잠시 갠 하늘에 숨을 곳 하나 없이
말갛게 드러낸 민둥 얼굴이 또 부끄러워
어색하게 마른 웃음 지으며
혼자 휘청거리던 날들.

어느새 내 몸은 달빛에 꼭 맞게

자라 있다.

예쁘게 단장하고

네게 맞는 달빛을 짓는 세월 담긴 남루한 손이

어쩐지 퍽, 자랑스럽다.

예순네 번째

집중,
또 집중,

너의 움직임을 느끼려
온몸의 신경세포를 곤두세워
집중하던 때가 있었다.

시간이 지날수록 파도처럼 요동치는
너의 움직임에
감동하고, 뭉클한
행복함의 연속.

너의 걸음
너의 몸짓
너의 눈빛
너의 언어

모든 첫 순간이 내겐 벅차오름이었다.

시간이 지날수록 폭풍같이 변화하는
너의 움직임에
지치고, 힘들고,
고된 하루의 연속.

그만 좀 해.
적당히 해.
엄마 힘들어.
가만히 있어.
조용히 해.

네가 주던 행복은 마치 처음부터 없었던 듯,
지금의 너는 조금 다른 의미로
내게 벅찰 때가 있다.

하지만 처음처럼,
너의 모든 행동에 집중하고
너의 모든 말들을 한 번 더 생각하도록
노력할 거야.

여전히 넌
내게 처음 왔던
그때 그대로의 감동이기에.

예순다섯 번째

가끔은 인생이
펄펄 끓는 뚝배기를
맨손으로 잡은 기분이 들기도 해.

그저 빨리
놓아 버리고 싶지.
놔 버리면 그만이겠지.
그래도 놓을 수 없잖아.

그걸 놓아 버리면
내 발치에서만 맴도는
작은 생명이
다칠 수도 있는데.

살이 타고
감각이 사라지고
눈물이 나도
꼭 쥐고 버텨야지 뭐.

그래야지 뭐.

예순여섯 번째

천둥이 친다.
작고 말캉한 푸딩 같은 볼이
굳어진다.
이내 그녀 품에 달려가 안기며
고개를 파묻는
그런 너에게서
달콤하고 설레는 향기가 난다.
너를 품에 안은 채 듣는 빗소리는
마치 음악과 같다.

천둥이 친다.
크고 깊은 너의 눈동자에
이 세상에서 있어선 안 될
무서운 여인이 어려 있다.

그런 천둥이 칠 때면
너는 그 어디에도 안기지 못한 채
천둥이 그치기만을
제발 그치기만을 바라며

파르르 떨리며 앙다문 입술 위로
서러운 빗물만 뚝뚝.

어디에도 안기지 못하고
생채기 났을 마음
또 그게 가여워
미안하다고 사랑한다고
천둥 치던 그녀는 사라지고
그 자리에 죄책감에 사로잡혀
못난 눈물만 그렁그렁한
한 여자를

그래, 그저 엄마라고
못나고 어설픈 그 여자를 엄마라고
속눈썹 끝에 매달린 눈물도 마르지 않은 눈으로
싱긋 웃어 보이며

괜찮아, 하고
도리어 그녀를 이해하는 눈빛을 건넨다.

눈빛을 건네받은 그녀의 심장에 팬 상처에 눈물이 고인다.
더욱 쓰라리고, 더욱 슬프도록.

예순일곱 번째

품에 가득한 너를 느끼는 것이
어느 날은 꿈만 같을 때가 있다.
지독하게 춥고
눈물도 사치스럽던 날들의
보상인 듯
갓 태어난 새처럼
촉촉하고 보드라운 네 뺨이
거친 내 살결을 파고들 때
꿈만 같을 때가 있다.

운율도
앞뒤도 맞지 않는
어쭙잖은
내 새로운 時作은
너에게서 始作되었다.
내 마음속 가득한 감정의
詩作이 다 끝날 즈음
너와 함께할 또 다른 세상을
始作해 보는 것도 나쁘지 않겠지.

지금 이 시답잖은 詩作이

훗날 우리의 멋진 始作이 될 거라

나는 믿어 의심치 않는다.

예순여덟 번째

도로록-

예쁜 구슬 두 개
내게 굴러와
말을 건넨다.

소리 없는 그 말이
그토록 기뻐
한참이나 구슬과 대화를 나눈다.

이해할 수 없는
수많은 말들을
소리 없이 늘어놓다가
가끔은 답답한지
구슬에 이슬이 맺힌다.

미안해-
해 줄 수 있는 말은
백사장 모래보다도 많은데

이슬 맺힌 구슬 앞에선 그저
미안할 뿐.

하지만
구슬에 비친 내 모습은
언제나 부끄럽지 않게
언제나 당당하게
노력할게.

우주의 모든 별빛보다 아름다운
세상 모든 보석보다 반짝이는
네 두 눈이 결코 슬플 일 없게.

예순아홉 번째

이것은 아주 먼 곳에서 전해 온 안부
나의 과거를 너를 투영하여 바라본다.
나는 과연 너였을까?

우는 네 모습에서
내 우는 모습을
웃는 네 모습에서
내 웃는 모습을.

가끔은 파지 과일같이
볼품없는 내가
너에게 무엇을 보여 줘야 하나
망설여질 때도
부끄러울 때도 있다.

먼 곳에서 달려온 나의 과거가
지쳐서 울 때
어찌해야 할 바 모른 채 발 동동이다
결국 찾게 되는

나의 미래.

내 과거는
이내 행복이 되고
내 미래는 슬픈 만큼
더 크게 웃어 보인다.

과거, 현재, 미래
셋이 동시대에 존재하는 아이러니
하지만 세상 그 무엇보다 당연한

내 아이와 나와
그리고 나의 엄마.

일흔 번째

나의 하루의 시작과 끝은
너.

네가 떼를 쓰는
결코 끝나지 않을 듯한
억겁 같은 긴 시간도

내 품 안에
네 숨결의 단내가 머무는
그 시간이 되면
이미 다 지나 버린 시트콤.

너의 울음과 투정.
온몸의 세포가 알알이 터지는 듯한
인내심의 한계 끝자락에도
나의 소망은
지금의 네가 언제까지나 머물러 주길 바라는

아이러니.

오늘도 나를 닮은
그리고 너를 닮은
우리가,
같은 꿈을 꾸길.

언제나 너의 꿈길조차 순조롭길 바라기에
팔이 저려 와도
그저 네 이마에 맺힌 은하수를 쓸어내릴 뿐이다.

일흔한 번째

너에게서
햇살 냄새가 난다.

햇볕에 잘 마른 빨래처럼
자꾸만 코를 디밀고
킁킁,
냄새 맡고 싶어진다.

너에게서
풀잎의 소리가 들린다.

사부작사부작
작은 바람에도 간지러워 몸을 흔드는
너의 소리에
나는 또
까르르,
웃고 싶어진다.

너에게서
눈물 맛이 난다.

소금보단 달큰하고
설탕보단 짭짤한
눈물 맛이 느껴진다.

햇살이 따가워서도 아니고
풀잎에 그늘져서도 아니다.

그저 너는
너로서,
행복에도 한 줄기,
슬픔에도 한 줄기.

미처 마음은 자라지 못한 어미를
하루하루
희비를 나눌 새도 없는 눈물로
비록 더딜지라도
매일 조금씩,
자라나게 한다.

그렇게 엄마가 되어 간다.
너의 햇살 향기와,
너의 풀잎 미소와,
너를 향한 눈물로,
그렇게 엄마가 되어 간다.

일흔두 번째

오선지 위에 발자국을 찍는다.

네가 웃는 날은 장조로
통통 다소 부산스럽고 정신없게,
하지만 마음 몽글하게 즐겁도록
음역을 오르내리며 찍은
네 발자국에
나는 연주하고 노래한다.

오선지 위에 눈물을 찍는다.

네가 아픈 날은 단조로
톡톡 다소 느리고 슬프게
규칙 따윈 상관없이
오선지를 빼곡히 채운 내 눈물을
네가 알 수 없게
작곡에 실패한 작곡가처럼 꼬깃꼬깃하게 구겨
마음속 깊은 휴지통으로 던진다.

나는 실패한 작곡가,
문득 떠오른
네가 웃던 날의 노래를
나지막이 읊조리다 보면
어느새 젖은 오선지도 말라 있다.

그래서
너는 작곡
나는 작사
너는 매일 웃고
나는 매일 시를 쓴다.

일흔세 번째

그래, 엄마도 꿈이 있었어.
소박하지만 당차고.
미래가 불확실하지만 나 자신에게만큼은 확실한.

아마도 지금 엄마의 꿈은
너인 듯해.

그래,
언젠가 너의 어깨가 엄마 눈높이만큼 자랐을 때
이런 엄마의 꿈을 부담스러워할지도 몰라.

하지만 지금 엄마의 꿈은
너인 것 같아.

그래, 엄마도 여자였었어.
흔히 말하는 여자이자
예쁜 것, 화려한 것, 아기자기한 것 좋아하는
여자였었어.

하지만 지금 엄마는 오롯이
너의 여자로 살아가고 있어.

그래, 너의 표정, 너의 숨소리, 너의 움직임에 모두 반응하는 너의 여자로.

여전히 여자이고픈 엄마지만,

온몸의 뼈가 조각나는 듯하고
온몸의 피가 거꾸로 솟는 듯하고

많은 사람들 앞에서
여자로서의 치욕적인 모든 일을 겪고 나서야
네가 세상을 볼 수 있게 된 그날

여자가 가지는 최소한의 자존심마저
태반과 함께 모두 내놓은 것 같아.

그래, 이런 말마저 부담스럽겠지만
그래도 알아 줄래?

네가 태어나던 날 흘린 너의 눈물 한 방울까지
엄마에겐 귀하고 소중하다는 걸.
너의 마지막까지

너의 곁에서 지켜 주고 싶다는 걸.

그게 세상 모든 엄마의 맘이라는 걸.

일흔네 번째

갓 지은 밥

뜨끈한 국

정갈한 반찬

주름진 입술 사이로 흐르는

그녀의 잔소리

그 속에 전해지는 진심

들뜬 말투

따뜻한 눈빛

붉은 두 볼

굵어진 뼈마디

지문이 닳아진 손끝

냉장고 속 고추장

투박한 오래된 그릇

어수선한 신발장

혼자 떠드는 텔레비전

고이 모셔 둔 앨범

보송한 이불

언제 맡아도 고운 향기

언제 보아도 작은 어깨

언제 불러도 슬픈 이름

엄마.

일흔다섯 번째

너와의 대화에서

너의 슬픔은 다소 과장되고 억울하며
나의 슬픔은 대수롭지 않았다.

너와의 식사에서

너의 허기는 어쩐지 음식들을 초라하게 만드는 정도였고
나의 허기는 그 초라함을 삼키는
비참함을 만들었다.

너와의 산책에서

너의 발걸음은 언제나 시간을 재촉했고
나의 발걸음은 언제나 시간을 멈추고 싶어 했다.

그저 다름이라 믿던 모든 것이
이건 틀림이라고 느끼는 순간
비눗방울 터지듯

처음부터 존재하지 않은 양

사라지고 없다.

너의 사랑은 고작 그만큼이었고

나의 사랑은 고작 이만큼밖에 지우지 못했다.

여전히 나는 너와 '틀린' 사랑을 하고 있다.

일흔여섯 번째

이상은 늘 멀리 있다.

이상형도
이상향도

조금은 불평등하고
조금은 질투 나는
남들이 가진 흔한 일상을
나의 이상으로 삼는
조금은 모자란 나.

나의 일상은
언제나 내 마음속 이상에 미치지 못해서
아쉽고
속상하고
울고 떼쓰고.

하지만 언제나 나의 일상 속에
흔하게 말하는 그 일상 속에
나의 이상이 있다.

나의 흔한 일상을

나의 이상으로 만드는 재주가 있는

너를 보며

나의 이상은

언제나 나의 일상에게 내어 주며

지고 만다.

일흔일곱 번째

그런 날이 있다.
평상시와 똑같이 장난을 치더라도
괜스레 짜증이 나는 날이 있다.

그런 날이 있다.
평상시와 똑같이 나를 타고 넘고 치대도
유독 더 아프고 귀찮은 날이 있다.

평소와 똑같은 잠투정도
평소와 똑같은 밥투정도
평소와 똑같은 징징거림도

유독 더 화가 나는 날이 있다.

일관성의 부재가
얼마나 아이에게 큰 상처일지 알면서

나는 또 버럭버럭.

여전히 나를 변함없이 사랑하는
어쩌면 내가 믿고 결혼한 남편보다
지금의 나를 더 사랑할지도 모르는
나의 작고 여린 영혼에게
습자지 같은 티 안 나는 상처를 쌓아
커다란 담장을 만들고 있지는 않을까 하는
생각에

나는 또 아차,
잠든 너를 보며 반성을 한다.

아이의 성장 속도와
엄마의 성장 속도는
절대 비례하지 않는다.

아이는 기다려 주지 않아.
그래서 엄마는 아이보다
더 빨리 달려야 하기에
이내 지치는 걸지도 모른다.
기다림은 원래 엄마 몫이니까.

그래도 손잡으며 웃어 주는 아이의 온기에
나는 또 사르르,
다시 또 뛸 힘이 생긴다.

일흔여덟 번째

너라는 나의 세상이
가끔은 좁고 작아서
답답할 때가 있어.

네가 내게 와 세상을 다 가진 것 같다며 행복하다 할 때는 언제고
이제는 네가 나의 세상 전부라는 것이
가끔은 막연할 때가 있어.

그래 내가 너의 엄마라서
그래 네가 나의 아이라서
정말 다행이야.
하고서,
가끔은 이게 내가 태어난 이유의 종착역인가 싶어서 울컥할 때가 있어.

하지만 말이야.

너 역시 이 좁아터지고 옹졸한 엄마가 세상 전부라는 것.

너 역시 엄마 외에 다른 사람이
너의 엄마가 될 수 없다는 것.

내가 너를 사랑하는 것보다
네가 나를 사랑함이 더 크다는 것.

그래서
아무리 힘들어도
아무리 괴로워도
그럼에도 불구하고,

너를 사랑해.

일흔아홉 번째

가끔은 놓기도 해.
나 하나도 추스르지 못했던 내가
또 다른 나를 돌본다는 게 쉬운 일이 아니야
그래서 가끔은 정신을 놓기도 해.

가끔은 울기도 해.
원래 잘 우는 울보였지만,
네가 아플 때, 네가 보챌 때, 네가 알 수 없는 행동들로 나를 힘들게 할 때.
무엇보다 너를 바라보다
벅차오름에 가끔은 울기도 해.

가끔은 후회하곤 해.
왜 그때 더 열심히 살지 않았는지
왜 그때 더 노력하지 않았는지
왜 그때 더 치열하게 경쟁하지 않았는지.
지금의 내가 초라해서
비루한 거울 속 나를 보며
가끔은 후회하곤 해.

가끔은 잊기도 해.

아직도 10대의 철없음과

아직도 20대의 무모함이 고스란히 배인 온몸의 세포가

내가 나이 들고 아줌마라는 사실을

가끔은 잊기도 해.

하지만 엄만 말이야

가끔도 너를 놓은 적 없고.

가끔도 네 앞에선 울면 안 되고

가끔도 너를 후회하지 않고

가끔도 너의 엄마라는 걸 잊은 적 없어.

가끔, 아주 가끔도 말이야.

여든 번째

하루의 시작과 끝.
아니 시작과 끝이 오기 전

그 짧은 찰나의 순간.

어쩌면
너를
만지고, 느끼고, 사랑하고, 애태우고, 맘 졸이고,
혹은
힘들고, 괴롭고, 때론 달아나고 싶은
지겹도록 더딘 이 순간들이.

돌아보면
카메라 셔터가 눌러지는 시간 정도였다는 것.

23시 59분 59초에서 24시 혹은 0시로 넘어가는

찰나의 순간이라는 것.

네가 오롯이 나의 품에서

먹고 말하고 떠들고 울고 칭얼대는 시간은

그리 길지 않다는 것.

엄마는 오늘도 그 사실이

새삼 소름 끼치게 슬프다.

2

엄마의 수필

지문

'지문이 일치하지 않습니다.'

가끔 급하게 민원서류를 떼려고 해도 지문이 일치하지 않는다.

주민등록증 발급 당시인 고등학생 때 내 손은 온통 쭈글쭈글 주부습진에 걸려 있었다. 겨울만 되면 늘 손이 가렵고 벗겨지고, 가렵고 벗겨지고를 반복했다. 가끔은 손마디가 갈라져 터지기도 하고.
수능을 보자마자 아르바이트를 했었다. 그때 나는 공주 면 소재지에 살았고, 조금만 벗어나면 있는 레스토랑에서 아르바이트를 했었다.

2003년도 겨울이었고, 지금으로부터 16년 전 이맘때였는데 대형마트에서 사 온 분쇄 원두 블루마운틴 한 잔이 6,000원, 만든 지 일주일쯤 지난 휘핑크림 한 스쿱 올린 비엔나커피가(심지어 인스턴트커피였다) 7,000원이었다.

가끔 사장님은 바이올린을 켜며 라이브를 했고, 손님이 없을 땐 내실에서 주무셨다.

대학교에 가서도 거기서 주말에 일을 했다. 가끔은 단체 손님이 몰려왔

었는데, 밤 11시가 다 되어도 퇴근 못 하고 설거지를 하다가 실금이 간 수프 그릇이 쪼개지면서 고무장갑을 끼고 있었음에도 왼쪽 엄지 살점이 날아가 버렸다.

배수구를 타고 흘러가던 내 살점이 생생히 기억이 난다.

주방 바닥이 피범벅이 되고 안절부절못하던 차에 사장님이 다짜고짜 담뱃재가 지혈에 좋다며 담배를 피우고 재를 내 손가락에 붙였다.

지금 같아선 사장님을 밀치고 무슨 짓이냐고 했을 텐데 20살의 나는 그저 아파서 울었다.

집에 와서 엄마에게 내 손가락을 보여 줬는데 그냥 그걸로 끝이었다. 나는 끝내 다 나을 때까지 병원에 가지 못했다.

그런저런 연유로 나는 자동화기기에서 등본 하나를 뗄 수 없다. 가서 재등록하는 방법도 있겠지만 살다 보니 등본을 그렇게 급하게 뗄 일은 크게 많이 없었다. 그래서 그냥 살았는데 가끔 필요해서 등본 뗄 땐 그게 그렇게 불편하다.

이제 서른 중반인 여자의 지문이 그렇게나 변해 있었다.

아빠가 아파서 돌아가시면서 집안 재산을 다 쓰시고 돌아가셨다. 아빠가 돌아가셨을 때 통장 잔고가 '27,000원'이었다는 말을 스무 살 중반 때쯤 엄마에게 들었다. 어릴 적부터 돈 때문에 눈치 보며 자라 가난을 극도로 싫어하는데 난 여전히 거기서 거기임에 가끔 절망에 빠질 만큼 괴로웠다.

상황은 사람을 원치 않게 변하게 만든다.
아이가 아이 같지 않거나
어른이 어른 같지 않거나

내가 성인이 되고 결혼을 해서 아이를 낳고 친정에 갔을 때 초등학교 6학년이던 내 동생이 했던 말이 잊히지가 않는다.

마트에서 주섬주섬 동생이랑 엄마랑 다 같이 먹을거리를 담는데(그럴 땐 사실 평소보다 더 고민을 덜 하고 사기는 한다), 동생이 걱정스러운 말투로 말했다.
"누나 돈 있어? 엄마 돈 없는데……."
억장이 무너졌다. 웃으면서 "걱정하지 마. 누나가 낼 거야." 하고 말았지만 아직까지 잊히지가 않는다.

그래서 즐겨 보던 드라마 〈동백꽃 필 무렵〉의 필구가 전지훈련을 가지 않는다고 했던 모습이 너무 가슴 아팠다.
꼭 나 같아서, 내 동생 같아서.

나는 그림도 그리기도 좋아했고, 노래도 좋아했으며, 글 쓰는 것도 좋아했다. 김천에서 중학교를 다녔는데, 재단이 같아서 같은 울타리 안에 여중, 여고, 예고가 같이 있었다. 나는 같은 울타리 안의 여고로 진학했고 여고를 다니면서도 늘상 지나치는 예고 학생들을 보며 동경했다.

기회만 된다면 예술고등학교로 전학하고 싶어서 평소 가깝게 지내던 국어 선생님께 부탁해 엄마 몰래 예술고 교실로 가서 예술고 선생님 앞에서 노래도 한 적이 있다. 물론 나는 누군가가 스카웃할 만한 노래 실력을 지니진 못했다.

아무튼 중3 때 예술고를 보내 달랬다가 돈 없어서 안 된다는 소리를 듣고 상업계로 가겠다 해서 얻어맞을 뻔했던 적이 있는데 나는 그때를 죽을 때까지 못 잊을 것 같다.

그래서 나는 내 아이만큼은 그런 걱정하지 않게, 하고 싶은 것을 포기하지 않게 하고 키우고 싶은데 현실은 녹록지 않다.

가끔 승호가 잠든 뒤, 널브러진 장난감들(나름의 규칙이 있는 어지럽힘)을 보면 이렇게 아무 생각 없이 어른이 될 때까진 인생을 그냥 블록놀이를 하듯, 엉망인 듯 보여도 나름대로 규칙이 있고, 또 나름의 생각을 가득 채운 놀이처럼 재밌고 즐기며 살았으면 좋겠다.

나는 내 아이들은 철이 늦게 들었으면 좋겠다.

쓰레기

"나갈 때 쓰레기 좀 버려."

"아직 좀 덜 찼는데"

"냄새나 그냥 버려."

490원이 아까운 건 아닐 텐데…… 남편은 쓰레기 버릴 때마다 '조금만 더'를 외친다.

그래, 그게 틀린 말은 아닌데 어느 날은 당장 눈앞의 그것이 거슬려서 견딜 수가 없다. 어느 날은 입이 다물어지지도 않게 채워진 봉투에 또 더 욱여넣겠다고 쑤시다가 터지기도. 그때는 이미 후회해도 늦었다. 마음속 감정의 쓰레기통도 터졌을 땐 늦었다.

자꾸만 비워 내야 한다.

미니멀라이프를 외치는 요즘 포화상태가 되어 버린 집 안 구석구석을 보며 한숨을 아무리 내쉬어 봤자 집 평수가 늘어나는 것도 순식간에 정리가 되는 것도 아니다.

비워야 한다.

마음도 역시 그렇게 비워 내야 한다.

쓰레기 같은 감정을 쓸데없이 쌓아 두지 말아야 한다.

그 안에서 그 감정들이 썩고, 곪고, 곰팡내로 가득 차는 동안 정작 새로이 채워질 행복한 감정을 담지 못한다. 좋은 감정이 궁둥이를 밀고 비집고 들어가려 해도 이내 낡고 삭은 감정들에 밀려 금세 사라져 버리고 만다.

외적이든 내적이든 상처가 있다고 내 안의 감정에 치우쳐서 내 주변을 맴도는 행복한 감정을 밀어내지는 말자.

내가 그런 감정을 가질 자격이 있을까?
내가 그런 행복을 누릴 자격이 있을까?
하는 생각에 휘둘리지 말고.

그래 당장은 어렵겠지만, 그 안에 가득 찬 쓰레기 같은 감정을 버리는 것부터 시작해 보자.
덜 찬 쓰레기봉투 보듯 고민하지 말고,
냄새나기 전에
썩어 곪기 전에
버리자.

그래야 새로이 차오를 수 있다.
행복이 말이다.

모지리

가끔은 모자란 척, 모르는 척, 못 하는 척하는 것이 도움이 될 때가 있다.

밖에선 정말 인정받지만(본인 피셜) 집에만 오면 세상 모지리가 되는 사람과 나는 함께 살고 있다.

맞다.
그 사람이다.

집안일에는 하나부터 무한대로 순수한 백지장 같은 그 사람은 나를 너무 방치한다.
이유는,

"당신은 혼자서도 잘하니까."

물론 내가 정리를 다소 못 하긴 해도 집안일, 요리뿐만 아니라 못 박기, 가구 조립하기, 막힌 세면대 해체해서 구렁이 같은 머리카락 뭉치 빼기(난 세면대에서 머리를 감지 않는다), 곰팡이 제거하기, 고장 난 가구 고치기, 심지어 아들 로봇까지 설명서 안 봐도 분리·합체·변신 잘 시키는 나를 그는 믿는다.

믿는 건 그렇다 치고 왜 발길에 채는 옷, 쓰레기, 장난감은 안 치우냐고 물으면 안 보인다는 게 답이다.

가끔 나도 모지리이고 싶다.

벌레도 내가 때려잡고 아들에게 개구리도 내가 잡아서 보여 주고 뱀 만지는 체험도 내가 시범을 보여 주고…… 나는 이 집에서 독재자임과 동시에 가만히 생각해 보면 제일 모지리다. 나는 그 누구도 이길 수 없다.

무심하게 건넨 쌀밥에 천하장사가 되는 돌쇠처럼
아들의 미소 하나에 지고,
남편의 칭찬 하나에 지고.

집에서 모자란 그는 어찌 보면 세상 얍삽이이고, 뭐 하나 뺄 줄도 못 하는 척도 못 하고 돌쇠처럼 일하는 나는 제일 모지리이고.

하지만 나는 믿는다.
모지리가 가정을 구한다고.

동백꽃 필 무렵

진짜 오랜만에 제시간에 챙겨 보았던 지상파 드라마.

우연히 재방송으로 〈도깨비〉를 패러디한 장면부터 보고 그 뒤로도 계속 재방을 챙겨 보다 본방으로 갈아타고, 본방 보고 다음 날 아침 재방 챙겨 보고, 삼방, 사방, 오방, 육방…… 할 때마다 챙겨 본 드라마.

작가의 필력은 내 기준에서 신이 내린 수준이었고, 대사를 계속 곱씹으며 감탄을 연발했다. 누구라도 붙잡고 얘기하고 싶을 만큼 감동에, 큰 비중의 배우부터 길 가던 개, 떡판 위의 떡, 접시 위의 게장까지 명연기를 펼친 듯한 드라마.

개인적으로 유행처럼 번지던 '힐링'이라는 단어를 좋아하지 않는데…… 그래, 치유가 된다고 하자. (그 말이 그 말이지만 어쩐지 힐링은 별로다.)

난 미혼모는 아니지만 너무 감정이입이 심해져서 드라마를 보고 난 뒤 얼마간의 시간은 머릿속과 마음이 복잡해져서 울기도 많이 울었다.

신을 믿지도 않고, 팔자도, 사주도 믿지 않지만 누군가 내게 저주처럼 뱉은 말이 마치 주술처럼 나를 따라다니며 어떤 일에 부딪힐 때마다 내 인생

내 팔자라는 걸 곱씹어 보게도 하고 그 팔자를 따라가지 않으려고 정말 엉엉 울면서 노력했다.

나는 동백이처럼 단단하지는 못했다.

물렀고, 정이 고팠고, 사랑을 구걸했다. 결혼한 지금도 여전히 눈치를 많이 보고, 나를 좋아해 주는 사람보다 싫어하는 사람이 더 신경 쓰여 밤 잠을 설치는 날들이 많았다.

사랑하면 다 퍼 줘야 했고, 부족한 인생이 상대방에게 걸림돌이 될까, 내가 더 잘하지 않으면 상대방이 떠날까, 노심초사하며 안 괜찮아도 괜찮은 척 속이 썩어도 웃었다.

이 드라마 속 대사 중에서 이런 말이 있었다.

"드라마에서처럼 그런 이별을 맞이할 수 없다. 현실이 어쩌고…… 현실은 더 하다못해 악랄하다."

하지만 그 대사 역시 드라마 대사이기에 절대적으로 와닿지 않았다. 진짜 현실은 드라마 대본 페이지 넘기듯 내일이 되어 있지도 않고, 1분 후에 20년 후로 넘어가 있지도 않는다. NG를 외치고 슬레이트를 친다고 실수한 신이 편집되지도 않는다.

1분 1초가 20년 같을 수 있고, 한 번 실수는 병가지상사가 아니라 아주 죽어라 인생을 족친다. 나는 동백이가 생일날 이벤트를 받는 장면에서 엄마가 나를 버려서 이런 별거 아닌 것에도 감동받는다면서 울 때, 한참을 울었지만 동백이를 버린 정숙의 마음을 곱게 포장하여 상처로 가득한 딸을 위로하는 장면에는 눈물이 나지 않았다.

꽃향기 나는 포장지 씌운 오물은 오물 아닌가?

키우던 햄스터도 버리지 마라. 정에 길들어져 버려진 햄스터는 결국 정에 이끌려 사람 손에 휘둘려 죽고 만다.

웃고 있다고 마음속까지 행복한 사람이 몇이나 될까. 지금도 많은 동백이들이 웃고 있겠지만, 그들이 속으로 우는 소리를 귀 기울여 들어 주길. 그 미소에 냉큼 손 내밀어 잡았다가 마음속 울음 듣고 손 내팽개치지 말길.

제발.

우울증

    나는 입덧이 없다.

    나는 크면서 여드름도 거의 안 났었고. 생리통도 심한 사람들에 비해 애교 수준이거나 없을 때도 많았다. 수월한 2차 성징이었다.

    그런 수월한 신체적 특징을 가진 탓인지 임신하고 입덧이 없는 건 정말 큰 축복이다.

    그렇다고 먹고 싶은 게 많다거나 먹고 싶은 게 생각나서 오밤중에 신랑을 내보낸다거나 먹을 걸 못 참고 다음 날까지 못 기다려 밤마다 야식을 먹거나 하지 않는다. 오히려 늦은 점심을 먹고 저녁을 안 먹고 자는 경우도 많다.

    임신하고 딱히 아픈 곳은 허리와 늘 고질이던 오른쪽 다리 마비 증세이고 첫째와 달리 체력적으로 힘이 들긴 하지만 집에서 할 수 있는 일을 하며 시간을 보내다 보니 큰 무리가 없다.

    입덧이 없으니 요리도 하고 체력을 최대한 아껴 아들을 먹이고 씻기고 공부시키고 일도 하고…… 때가 되면 하는 여러 가지 임신 중 검사도 전부 정상 프리패스. 하긴 몇 가지가 조금씩 간당간당해서 약 잘 먹어야 하지만 그것도 별것 아닌 일.

튼살도 생기지 않고 임신했다고 집안 행사에 빼지도 않고, 오히려 승호 낳기 1주일 전쯤엔 제사 치르기 위해 농수산물시장에 가서 장까지 직접 보고 음식을 했다.

나는 임신이 체질인가 스스로 생각이 들 정도였다.

첫째 아이 태동검사 중 심장박동 이상으로 37주에 급히 시도한 유도분만을 실패하고 응급수술을 했다. 출산휴가가 3일이었던 남편은 이틀을 유도분만 수술로 쓰고, 남은 하루 곁에서 코 골고 잔 후 나가서 밥 먹고 그러다…… 가 버렸다.

6일간 입원을 해야 하는데 3일째 상처 부위에 물이 안 들어가게 애써 가며 혼자 샤워하고 가슴 마사지하는 분을 병실에 불러 마사지를 하고 많이 걸어야 낫는다기에 혼자 링거 붙들고 병동을 빙글빙글…… 남편도, 엄마도, 시어머니도 모두 일하던 터라 나는 혼자 병실을 지켰다. 혼자 병원 복도 걷기 운동을 하다가 내 옆방 산모의 어머니가 급수실에서 보리차를 떠가는 뒷모습을 보고 참았던 무언가가 발작적으로 터져 나와 병실에서 정말 서럽게 울었다.

6일째 되던 날, 병실에서 조리원으로 이동하며 계단으로 혼자 오르락내리락하는 걸 본 다른 산모들이 자연분만 쉽게 하셨냐며 묻기에, "아니요, 저 수술이에요."라고 했더니 경악했다. 무슨 그냥 병원 놀러 온 사람 같다고.

조리원에서도 여차저차 지내고 집으로 와 평일, 주말 없이 바쁜 남편은 분유 한 번 탄 적 없이 아기 목욕 딱 몇 번 도와주고 육아는 오롯이 내 몫이었다.

백일에 포대기로 아기를 업고 양가 가족들 먹을 음식을 다 해서 상 차리고 치우고…… 그렇게 나는 무슨 철인처럼, 임신이 체질인 사람처럼, 아무렇지 않게 임신 기간을 보내고 아이를 키웠다.

아무렇지 않지 않았다.

얼마나 많이 울고 입술을 깨물고 손목에 칼을 갖다 댔는지도 기억이 나지 않을 만큼 시간이 흐르고 그런 적이 있었나 싶게 아이는 커 버리고 나는 나이가 들고 있었다. 포기할 것을 포기하고 그것들에 익숙해지고 버릴 것은 버릴 수 있게 되었을 때 두 번째 임신을 했다.

몸도 마음도 또다시 찾아온 아이를 받아들이기 힘들었고 몸도 7년 전과 같지 않은데 일은 그때보다 많고, 변한 건 아무것도 없다.

나는 여전히 임신해도 별 탈 없는 애, 애 잘 키우는 애, 그냥 원래 그런 애.

집안일에 도통 관심이 없는 남편에게 엉엉 울며 내가 아파 봐야 정신 차리겠느냐고 다른 집처럼 입덧하고 밥이고 나발이고 병원 가서 링거 맞고 무리하다 조산기가 와서 병원에 한 달씩 입원하고 그래야 쟤가 좀 힘들구나 싶겠냐고 소리쳐도 그때뿐이었다.

배부른 몸으로 쭈그리고 앉아 삼사일에 한번 욕실 바닥을 거품 내서 문지를 때나…… 결혼하고 단 한 번도 변기 청소를 하지 않는 그가 생각날 때나…… 변하겠다, 변하겠다 하며 여전할 때나 나는 무얼 위해 이 아이를 낳나 생각이 들 때나……

그냥 나는 차라리 아프고, 모자라고, 손길이 필요한 사람이었다면 좋겠다 싶다. 다 해내는 내가, 그럼에도 불구하고 웃는 내가 기특하다, 장하다 싶다가도 너무 아무렇지 않게 사는 내가 가끔은 불쌍할 정도다. 내 속이 썩는 줄도 모르고 내 주변만 기름지게 했다.

난 괜찮아, 난 아무렇지 않아 하는 사람치고 괜찮고 아무렇지 않은 사람은 없다. 정말 괜찮고 아무렇지 않은 사람은 그런 말을 할 이유조차 없다.

그래서
나는 아무렇지 않지만
나는 아무렇지 않지 않다.

모성애

"너는 모성애가 없니?"

……

흔히 드라마에나, 영화에나, 소설에서 아이를 볼모로 딜을 하거나 떠나는 여자에게 저런 모성애 타령을 한다.

정말 극소수를 제외한 여성들이 임신과 동시에 금주, 금연을 자연스럽게 하고 안 좋은 건 안 하고 안 먹고, 좋은 걸 찾아서 하고 먹는다.

임신을 계획하고 노력하지 않은 이상 어제까지 임신인 줄 모르고 술, 담배, 약, 거친 운동 등을 했다고 하더라도 오늘 임신을 알았다면 그건 그때부터 나와 거리가 먼 이야기가 된다.

나는 그것이 본능적으로 생명을 지키고자 하는 윤리의식 혹은 사회적 잣대에 맞춰지거나, 혹은 숱한 논문 결과로 이루어진 어떠한 의학적 근거에 의해 정의 내려진 기준을 따라가기 위한 것이라 여겨질 뿐, 모성애라고 생각하지는 않는다. 그냥 생명을 지키고자 하는 본능일 뿐, 모성애는 아니라는 거다.

아이를 갖는다고 어느 날 갑자기 모성애가 툭 생기는 줄 아는 사람들이 많은데 모성애가 그리 쉬운 거면 애는 왜 버려지고 죽이고 학대하는가.

모성애는 하루아침에 생기는 것이 아니라 아이와 희로애락을 함께하며 천천히 자라나는 것이고 책임감에서 비롯된 것이며 강요한다고 생기는 것이 아니다.

당장 남자가 아이를 갖게 되는 날이 온다면 부성애가 하늘에서 뚝 떨어지게 될까?

그러면서 왜 여자에게 모성애를 강조하는 건지.
사람마다 성격이 다르듯 아이를 사랑하는 방식도 조금씩 다르고 모성애의 성격도 다르다.
아이가 바쁜 부모 대신 조부모 손을 타는 일이 더 많을 때, 친밀도가 조부모가 부모보다 높듯이 낳은 정보다 기른 정이라는 말이 괜히 생겨난 것이 아니라는 것이다.

처음 아이를 낳고 내가 낳은 아이가 맞는지, 내가 정말 엄마가 맞는지, 나는 왜 이 아이가 너무너무 사랑스러워 못 견딜 것처럼 느껴지지 않는지, 아이가 우는 모습을 보면 왜 자꾸 화가 나고 미쳐 버릴 것 같은지, 아이로 인해 하지 못하는 일이 늘어날 때마다 받아들이기가 왜 그리 힘이 드는지.

"저는 모성애가 없나 봐요. 아이가 마냥 예쁘지만은 않아요. 수정 씨가 부러워요." 혹은 내 아이가 부럽다고 말하며 나는 엄마 자격이 없는 건지

고민하는 엄마들에게

  그게 정상이라고, 처마 밑에 빗물 자국 패듯, 약수터 물줄기가 서서히 바위를 뚫듯 서서히 깊어 가는 것이 모성애라고

  말하고 싶었다.

  당신은 지극히 정상이라고,
  우리는 지극히 정상이라고,
  모성애는 아이와 함께 아프고 울고 웃고 아무렇지 않게 지내다 보면 어느새 가을 들녘 단풍처럼 물들어 가는 거라고.

엄
마
가
쓰
는
시

ⓒ 이수정, 2020

초판 1쇄 발행 2020년 8월 16일

지은이   이수정
표지디자인 이영인
펴낸이   이기봉
편집   좋은땅 편집팀
펴낸곳   도서출판 좋은땅
주소   서울 마포구 성지길 25 보광빌딩 2층
전화   02)374-8616~7
팩스   02)374-8614
이메일   gworldbook@naver.com
홈페이지   www.g-world.co.kr

ISBN   979-11-6536-682-7 (03810)

이 도서의 국립중앙도서관 출판예정도서목록(CIP)은 서지정보유통지원시스템 홈페이지(http://seoji.nl.go.kr)와 국가자료공동목록시스템(http://www.nl.go.kr/kolisnet)에서 이용하실 수 있습니다. (CIP제어번호 : CIP2020033408)